Bali Rai

# Außer Kontrolle

Wenn aus Spiel bitterer Ernst wird

*Für alle bei Barrington Stoke, von früher und heute, für all eure Unterstützung seit 2001. Vielen, vielen Dank.*

Bali Rai wuchs als Sohn indischer Einwanderer in Leicester auf. Als Kind träumte er davon, Fußball für den FC Liverpool zu spielen oder Autor zu werden. Heute schreibt er die Geschichten, die er gern selbst als Jugendlicher gelesen hätte.
www.balirai.co.uk

Bali Rai

# AUßER KONTROLLE

## Wenn aus Spiel bitterer Ernst wird

Aus dem Englischen von
Julia Süßbrich

GULLIVER

# Inhalt

# Vorwort

Die Zelle, in die sie mich gesperrt hatten, stank nach Schweiß. Und ich saß zwei Stunden darin, bis ein Anwalt aufkreuzte. Den hatte meine Mum angerufen. Mein Onkel Clifton, Mums Bruder, kannte ihn. Einer von den Polizisten führte mich runter zu einem Vernehmungsraum.

„Dein Anwalt ist da", sagte er zu mir.

„Ja", antwortete ich.

Ich ging in den Vernehmungsraum. Ein mittelalter Mann saß an einem Tisch. Er trug einen dunkelgrauen Anzug und eine rote Krawatte. Sein Haar war dunkelbraun und er hatte eine schwarzsilberne Brille von D&G auf. Er sah aus wie mein Naturwissenschaften-Lehrer in der Schule – abgesehen von der teuren Brille. Die Frau von der Kriminalpolizei, die mich festgenommen hatte, saß auch an dem Tisch. Sie war groß, blond und dünn. Sie sah zu mir auf.

„Bist du bereit? Erzählst du uns, was passiert ist?", fragte sie mich.

„Denk schon", murmelte ich.

„Okay. Dann setz dich neben deinen Anwalt", antwortete sie. „Soll ich dir etwas zu trinken holen oder so?"

Ich zuckte die Schultern.

„Alles gut", sagte ich zu ihr. „Können wir jetzt einfach anfangen?"

Die Frau nickte. Sie sah den Anwalt an und dann mich.

Danach sagte sie: „Okay. Erzähl uns, was passiert ist. Von Anfang an ..."

# 1 Schüsse

Wir standen an der Hauptstraße, vor Lahore Fried Chicken, dem Hähnchen-Grill, und froren uns gerade die Ärsche ab. Da hörten wir die Schüsse.

Peng! PENG! PENG! PENG!

Alle rannten, als ein glänzender schwarzer Mercedes vorbeiraste. Ich warf mich auf den Boden und mein Ellbogen knallte auf den Bürgersteig. Kamal tat dasselbe. Dann fluchte er, weil er sich dabei die Jeans aufgerissen hatte. Aber Binny rührte sich nicht. Ich dachte, er hätte einen Schock. Er stand einfach da und glotzte vor sich hin. Ich konnte seinen Atem sehen, weil es so kalt war.

„Runter, du Spinner!“, fauchte Kamal ihn an. „Willst du erschossen werden, oder was?“

Aber Binny antwortete nicht. Er guckte zu uns runter und grinste dämlich. Als ob er die Schüsse nicht gehört hätte. Die Mitarbeiter vom Lahore-

Hähnchen-Grill kamen zur Tür raus und sahen sich auf der Straße um.

„Auf was haben die geschossen?“, fragte ein kleiner Bruder mit einem starken asiatischen Akzent.

Binny zuckte die Schultern, hörte plötzlich auf zu grinsen und antwortete: „Auf einen Typen da oben bei den Läden.“

Ich stand langsam auf und klopfte mir die Klamotten ab. Dann half ich Kamal hoch. Der jammerte immer noch über seine Jeans. Kamal jammerte die ganze Zeit und war echt mies drauf. Ein paar von den anderen Leuten kamen aus dem Hähnchen-Grill raus auf die Straße und ein paar Kinder kamen auf ihren Rädern angefahren. Alle versuchten rauszukriegen, was passiert war.

Plötzlich gab es noch zwei Schüsse. Und während alle in Deckung gingen, heizte dasselbe schwarze Auto noch mal vorbei. Ich sah ihm nach. Am Ende der Straße bremste der Fahrer scharf. Eine der hinteren Türen ging auf und ein Mann sprang raus. Mit einer Tasche in der Hand rannte er los. Er nahm einen schmalen Weg an der Seite vom Bahnhof.

Zwanzig Sekunden später war er zurück im Auto. Als irgendwo weit weg das Tatütata von den Polizeiautos aufheulte, fuhr der schwarze Mercedes bei Rot über die Ampel und war weg.

„Das ist ja hier wie im Wilden Westen“, sagte ich und ging zurück in den Hähnchen-Grill.

Kamal zuckte die Schultern. „Ist doch kein Ding“, sagte er. „Wenn die Typen sich gegenseitig abknallen wollen, lass sie doch.“

Die Polizei kam fünf Minuten später an. Wir sahen zu, wie sie die Straße absperrte. Ziemlich viele Polizisten, ein paar auch mit Hunden, kletterten aus den Autos und Bussen. Und dann tauchten die richtig stark bewaffneten Polizei-Einheiten auf. Ich konnte sehen, wie sie anfingen, mit den Leuten zu reden und den Boden nach Hinweisen abzusuchen.

„Ich bin dann mal weg“, sagte ich zu meinen Freunden.

„Ich auch“, antwortete Binny. Ich wusste, dass er ein bisschen Gras bei sich hatte. „Ich red nicht mit Bullen, auf keinen Fall.“

Kamal sagte, er wollte noch ein bisschen dableiben, um rauszufinden, was los war.

„Man sieht sich“, sagte er, als Binny und ich raus auf die Straße gingen.

„Nimmst du die Abkürzung durch den Park?“, fragte Binny mich.

Ich schüttelte den Kopf. Ich wollte noch etwas nachgucken, aber ich wollte nicht, dass Binny das mitbekam. „Nee, ich muss noch bei meiner Schwester vorbei“, log ich.

Als Binny weg war, ging ich zu dem schmalen Weg am Bahnhof. Dahin, wo die Typen mit der Knarre irgendwas weggeschmissen hatten. Ich weiß nicht, warum ich das machte. Ich wollte nur gucken, was die da liegen gelassen hatten. Der Weg war dunkel. Das einzige Licht kam vom Mond. Da lag ein schwarzer Rucksack, hinter ein paar Mülltonnen versteckt. Als ich ihn hochhob, merkte ich, dass er schwer war. Ich machte ihn auf und sah rein. Und da fand ich sie.

Die Pistole.

# 2 Die BMD

Als ich nach Hause kam, rannte ich in mein Zimmer und schloss die Tür ab. Ich lebte in einer Wohnung im zwölften Stock, zusammen mit meiner Mutter und meiner jüngeren Schwester Hope. Ich war aus der Puste, weil die Fahrstühle nicht fuhren. Hope hörte mich reinkommen und klopfte an meine Tür.

Als sie wissen wollte, was ich gerade machte, sagte ich: „Kümmer dich um deinen eigenen Kram."

Sobald ich merkte, dass sie weg war, machte ich die Tasche auf und holte die Pistole raus. Ganz langsam und vorsichtig. Sie war schwarz und glänzte. Und sie fühlte sich schwer an in meinen Händen. Ich streckte sie von mir weg und zielte auf das Fenster.

„PENG!", flüsterte ich vor mich hin – und dann kam ich mir vor wie ein dummes Kind.

Ich legte die Pistole auf mein Bett und durchsuchte die Tasche. Eine Schachtel Patronen fiel raus, zusammen mit einem Klappmesser.

Als Nächstes leerte ich die Patronen-Schachtel. Die Patronen hatten so eine goldene Farbe. Zehn Stück kamen raus. Ich hielt eine hoch und schaute sie mir an. Das war irgendwie cool – dachte ich wenigstens. Danach blickte ich wieder auf die Pistole. Ich konnte nicht erkennen, wie die funktionierte. Ich hatte zwar im Fernsehen schon mal gesehen, wie Leute Pistolen benutzten, aber ich wusste, dass das nicht echt war. Und ich wollte nichts verkehrt machen und aus Versehen mich oder jemand anderen erschießen. Ich beschloss, im Internet nachzusehen, wie die Pistole funktionierte.

In dem Moment klopfte meine Mutter an die Tür.

„Komm da jetzt raus, Jonas!“, sagte sie.

„Sekunde noch!“, rief ich.

Ich stopfte alles zurück in die Tasche und schob sie unter mein Bett. Als ich die Tür aufmachte, warf meine Mum mir einen Blick zu, als ob sie wüsste, dass ich irgendwas vorhatte.

„Was ist los?“, fragte sie.

„Nichts“, antwortete ich.

Dann warf sie mir noch so einen komischen Blick zu. Sie trug ihre blaue Pflegerinnen-Kleidung und war startklar für ihre Nachtschicht. Sie sah müde aus und hatte sich ihr braunes Haar hochgebunden.

„Hast du was gegessen?“, fragte sie.

Ich nickte zur Antwort. „Hab mir eben Chicken Nuggets geholt“, sagte ich.

„Du musst aufhören, dieses Zeug zu essen. Das ist voll mit Fett“, antwortete sie.

Ich lächelte sie an. „Schmeckt aber gut.“

Sie sagte noch zu mir, ich sollte keinen Ärger machen, und dann ging sie zur Arbeit. Ich wartete, bis sie weg war, und ging dann erst ins Wohnzimmer. Hope saß da drinnen und schaute fern. Sie sah aus wie meine Mutter, mit blasser brauner Haut und schwarzen Sommersprossen auf der Nase. Außerdem hatte sie die gleichen hellbraunen Locken.

„Du hast was vor“, sagte sie, ohne mich anzusehen.

„Hab ich nicht“, antwortete ich.

Mein Handy fing an, in meiner Hosentasche zu vibrieren. Ich holte es raus und sah, dass ich eine Nachricht von Kamal hatte. Ich hatte nicht mehr genug Guthaben, um ihn anzurufen. Also schrieb ich ihm nur eine Nachricht zurück.

Hope fragte: „Wer war das?“

„Frag ich dich, wer deine Freunde sind?“, fragte ich zurück.

„Du bist heute ganz schön empfindlich“, antwortete sie.

Ich zuckte die Schultern und sagte: „Ich geh für ’ne halbe Stunde raus. Bin gleich wieder da.“

Hope wollte sich beschweren, aber dann sagte sie doch nichts. Ich wusste, dass sie meiner Mum nichts erzählen würde, denn ich hielt sie nicht davon ab, abends spät noch auszugehen. Wir hatten eine Abmachung darüber, dass wir unser Nachtleben für uns behielten.

Hope war ein Jahr jünger als ich, also im neunten Schuljahr. Sie war genau wie meine ältere Schwester Lauren, gut in der Schule und so was alles. Nicht so wie ich. Ich war nicht doof oder so. Ich kam nur mit meinen Lehrern nicht klar. Ich schlug einfach die Zeit tot, bis die mich endlich gehen ließen.

„Du solltest lieber bald wieder da sein“, sagte Hope.

„Bin ich auch. Ich muss nur kurz nach Kamal gucken“, gab ich zurück.

„Dem Bekloppten“, sagte sie und zog eine Grimasse.

„Was ist mit Kamal?“, fragte ich.

Sie meinte: „Ich mag den nicht. Der ist unheimlich ... als ob er immer fünf Sekunden davor wäre, auszuticken. Und der guckt mich auch immer so komisch an. Als ob er gerade was Fieses denken würde.“

Ich sah sie an, sagte aber nichts.

Sobald ich aus dem Wohnblock kam, zog ich mir meine graue Kapuze über den Kopf. Ich trug schon eine schwarze Beanie, aber mir war immer noch kalt am Kopf. Der Wind war heftig und ließ meine Nase und Wangen einfrieren. Mir klapperten fast die Zähne. Ich brauchte zehn Minuten zu Kamal, drüben in der nächsten Siedlung. Er wartete in der Dunkelheit, um die Ecke von einer Ladenzeile.

Als ich bei ihm ankam, sagte Kamal: „Die sitzen auf einer Mauer."

Er sah aus wie ein Geist, der aus dem Schatten auftauchte. Er trug eine schwarze Daunenjacke und darunter einen weißen Kapuzen-Pulli. Und er hatte die kaputte Jeans gegen eine andere getauscht. Die war auch schwarz. Ich sah ihn an und dachte daran, was meine Schwester gesagt hatte. Er war ein bisschen komisch, aber so richtig übel war er nicht. Nicht so sehr, wie Hope das gemeint hatte.

Dann sagte er noch: „Gegenüber von dem Schnaps-Laden – fünf von denen."

Kamal redete über eine Bande aus der nächsten Siedlung. Die Jungs hatten ihn und Binny in der Woche davor überfallen. Sie wurden nach dem Namen ihrer Siedlung die Blakemore Massive Dem genannt, die BMD-Jungs. Binny und ich wollten lieber gar nicht mehr daran denken, aber Kamal zog nicht mit. Er meinte, wir hätten unser Gesicht verloren und die Leute würden uns Weicheier nennen.

Er fand: „Die können nicht einfach so rumlaufen, als ob sie nichts gemacht hätten. Wir brauchen bisschen Respekt, versteht ihr, was ich meine?“

Jetzt standen wir um die Ecke von ihnen, in ihrer Siedlung. Das war nicht gut, da wären wir besser nicht gewesen. Und ich konnte an Kamals Gesicht sehen, dass er drauf und dran war, irgendeinen Mist zu bauen.

„Komm“, sagte ich zu Kamal. „Das heben wir uns für wann anders auf.“

Kamal schüttelte den Kopf.

Er zischte: „Vergiss es. Die Alten da lachen über uns.“

Er ging los und schaute vorsichtig um die Ecke. Und dann zog er ohne Vorwarnung etwas aus seiner

Jacke. Ich konnte ihn nicht stoppen. Er rannte sofort auf die BMD-Jungs zu.

Ich fluchte vor mich hin. Aber mir war klar, dass ich ihm nachlaufen musste. Er war mein Kumpel und bei uns musste man seinen Kumpels helfen. Sonst war man nichts wert.

Als ich bei Kamal ankam, hielt er zwei Typen mit einer kleinen Klinge auf Abstand. Sie waren beide älter als wir und auch noch groß. Aber weil Kamal das glänzende Messer in der Hand hatte, konnten sie nichts machen. Der Rest von der Bande musste weggelaufen sein. Ich sprang den Typen an, der am nächsten bei mir stand. Ich verpasste ihm einen Faustschlag gegen die Seite vom Kopf. Er schrie auf. Aber dann fing er an, zurückzuschlagen. Seine Faust landete genau auf meiner Nase und mir stiegen die Tränen in die Augen.

Wir hatten ein paar Minuten gekämpft, da kam der Rest von der Bande zurück. Ich hörte Leute „BMD" brüllen und sah, wie noch fünf andere Typen auf uns zugerannt kamen, mit Baseball-Schlägern in den Händen.

„RENN!“, rief ich Kamal zu. Jetzt hatten wir richtig Stress.

Ich drehte mich schnell weg und rannte zurück zu der Ecke. Dann durch einen kleinen Park, zu der Straße, die zwischen den beiden Siedlungen lag. Kamal war direkt hinter mir und noch ein Stück weiter hinter ihm kamen die anderen.

Ich rannte mitten über die volle Straße und wich dabei den Autos aus. Dann rannte ich weiter Richtung Hauptstraße. Kamal war immer noch hinter mir. Meine Lunge brannte von der Anstrengung. Aber ich wusste, dass wir in Sicherheit wären, wenn wir es bis zur Hauptstraße schafften. Denn da turnte noch überall die Polizei rum, wegen der Schießerei.

Ich hatte recht. Sobald Kamal und ich die Hauptstraße erreichten, hörte die BMD-Bande auf, uns zu jagen. Ich drehte mich nach ihnen um, als Kamal anfing zu husten.

„Na, kommt doch!“, rief ich. Ich wusste, dass sie dort stehen blieben. Sie waren nicht so doof, uns auf einer Straße anzugreifen, die voll mit Polizei war.

Sie drehten um und rannten weg. Kamal sah ihnen nach und fing an zu fluchen.

„Nee!“, rief er. „Wir mussten *die* doch verjagen!“

Ich rieb meine Hände, um sie aufzuwärmen. Der Schweiß auf meinem Gesicht hatte schon angefangen, zu Eis zu gefrieren.

„Vergiss es, Bruder“, sagte ich. „Wir hätten doch von denen nur auf die Fresse gekriegt.“

„Ja und?“, fragte Kamal. Seine dunklen Augen glänzten vor Wut. Er knurrte mich an, als ob er ein verrückter Hund wäre.

Kamal war immer wütend. Schon von klein auf war er auf Leute losgegangen und hatte sich Ärger eingefangen. Ich kannte ihn schon am längsten, und trotzdem wusste noch nicht mal ich genau, warum er das machte.

Alle Leute, die ich kannte, waren arm. Aber Kamals Familie war als Flüchtlingsfamilie nach England gekommen und hatte es *echt* schwer gehabt. Jahrelang musste Kamal immer gebrauchte

Klamotten aus der Kleiderkammer anziehen. Die anderen Kinder machten ihn deshalb die ganze Zeit fertig. Und er rächte sich, indem er sie verprügelte. Dann wurde sein Vater erstochen, von irgendeinem rassistischen weißen Typen. Und danach wurde alles noch schlimmer. Kamal war wie ein Bruder für mich, aber selbst ich konnte den Alten nicht bremsen. Das konnte keiner.

Ich hätte ihm nie von der Pistole erzählen sollen – jetzt ist mir das klar. Aber wie sollte ich das vorher wissen? Ich konnte doch nicht ahnen, was er damit anstellt, oder?

# 3 Durchsetzen

In der Woche danach waren die Polizisten überall, wo ich hinkam. Sie waren überall in unserer Siedlung und suchten nach Hinweisen. Die Typen im Mercedes hatten jemanden umgebracht. Also ermittelte die Polizei jetzt wegen Mord. Das Opfer von den Mördern kannten wir alle: Der Mann hieß Johnny Charles und war ungefähr drei Jahre älter als wir. Er war ein Street Player (ein Drogenhändler und Kredithai) und keiner mochte ihn besonders. Er machte ständig Leute fertig: hackte auf Kindern rum und machte Menschen das Leben schwer, wenn er sie nicht leiden konnte.

Die Polizisten hatten echt Mühe, irgendjemanden dazu zu bringen, mit ihnen zu reden. So ist das hier in der Ecke. Keiner traut der Kripo. Nach der ersten Woche landete der Mord in den landesweiten Nachrichten und die Polizei bat um Zeugen-Aussagen. Eigentlich wollte ich ihnen von der Pistole erzählen, dann machte ich es doch nicht. Ich behielt die Pistole und sagte nichts. Das war dumm und falsch und jetzt schäme ich mich dafür. Aber in dem Moment, als es passierte, konnte ich nicht geradeaus denken.

Binny war der Erste, dem ich von der Pistole erzählte, eine Woche nach dem Mord. Wir hatten noch ein bisschen mehr Ärger mit den Blakemore Massive Dems bekommen. Binny, ich und ein paar andere Jungs hatten einen Fußball auf einem Stück Rasen rumgekickt. Die BMD-Jungs überfielen uns und wir mussten wegrennen. Die waren zu ungefähr zwanzig Leuten, alle bewaffnet. Binny und ich schafften es nur haarscharf in die Wohnung von meiner Mum.

„Das war knapp“, sagte Binny, als ich die Wohnungstür schloss und betete, dass die Bande uns unterwegs aus den Augen verloren hatte.

„Das ist nicht gut“, sagte ich zu ihm. „Irgendeiner wird noch verletzt.“

Mit Binny war ich schon ewig befreundet, wie mit Kamal. Wir hatten jahrelang nebeneinander gewohnt. Nur hatten sich dann Binnys Eltern getrennt und seine Mutter war in ein anderes Hochhaus gezogen. Aber das war nicht weit weg von uns. Er war groß und dünn und hatte lockiges schwarzes Haar wie sein Vater, der aus Marokko kam. Aber er hatte blaue Augen wie seine Mutter, die weiß war. Die Mädchen standen alle auf Binny, als ob er irgendein Star wäre, und er hatte immer was laufen. Der war so ein richtiger Player.

„Die sind mehr als wir“, sagte Binny und setzte sich aufs Sofa.

Ich machte den Fernseher an und setzte mich neben ihn. Ich legte meine Füße auf den kleinen Tisch vor uns.

„Ja, das sind bestimmt zwanzig Leute“, antwortete ich.

Wir hatten keinen Namen für unsere Bande, jedenfalls keinen brauchbaren. Unsere Siedlung hieß The Dunsmore Gardens. Deshalb nannten sich ein paar von den Jugendlichen selbst The Dunsmore Bad Boys oder DBB. Aber ich, Binny und Kamal standen da nicht so drauf.

„Und wie können wir uns dann gegen die durchsetzen?“, fragte Binny. Er hatte sich die

Fernbedienung gekrallt und zappte jetzt durch die Programme.

Ich zuckte die Schultern. „Vielleicht hab ich dafür was“, sagte ich. Das war mein erster Fehler.

Also wenn ich nur Binny von der Pistole erzählt hätte und sonst niemandem, wäre alles in Ordnung gewesen. Aber ich konnte das nicht einfach nur Binny erzählen und Kamal nicht. Das wäre mies gewesen. Wir waren ja Brüder, wir drei. Zwischen uns gab es keine Geheimnisse. Ich dachte mir einfach so, wir könnten uns mit der Pistole irgendwie schützen.

„Was hast du denn?“, fragte Binny. Er drehte sich zu mir und schaute mich an.

„Ich hab was gefunden, Bruder“, sagte ich. „Nach der Schießerei auf der Hauptstraße.“

Binny legte die Fernbedienung weg.

„Was?“, fragte er.

Ich stand auf und ging in mein Zimmer. Ich kam mit der Tasche zurück und ließ sie aufs Sofa fallen.

„Mach auf“, sagte ich.

„Wieso? Was ist in der Tasche?“ Binny warf mir einen komischen Blick zu.

„Mann, mach auf und guck“, antwortete ich.

Er schaute mich noch ein paar Sekunden an. Dann machte er das, was ich gesagt hatte.

„What the ...!“, rief er. Aber er brachte den Satz nicht zu Ende. Er holte die Pistole raus und starrte sie an. „Woher hast du die?“, fragte er.

„An dem Abend, als Johnny Charles umgebracht wurde. Da hab ich gesehen, wie die Typen, die geschossen hatten, das Ding in den schmalen Weg am Bahnhof geworfen haben.“

Er guckte mich noch mal komisch an. „Wieso wollten die das denn wegschmeißen?“, fragte er.

„Weiß ich doch nicht“, antwortete ich. „Aber ich hab’s mir gekrallt, bevor die Polizei es in die Finger kriegen konnte.“

Binny schüttelte den Kopf.

„Das ist die *Mord*-Waffe, Bruder. Das Ding, nach dem die in den Nachrichten gefragt haben“, erklärte er.

Ich nickte.

„Wenn die uns mit dem Teil erwischen ...“, sagte er dann noch. Und er schüttelte wieder den Kopf.

Ich stellte eins klar: „Keiner weiß, dass wir das haben. Und wir erzählen auch niemandem davon.“

Binny warf noch einen Blick auf die Pistole. Er hielt sie vor sich ausgestreckt und zielte auf den Fernseher.

„Ist die geladen?“, fragte er mich.

„Keine Ahnung, Bruder. Ich hab doch noch nie ’ne Pistole benutzt!“

Er gab einen leisen Pfiff von sich, als ob er beeindruckt wäre.

„Das Ding können wir benutzen, um diese BMD-Weicheier zu vertreiben“, sagte ich.

Binny schüttelte den Kopf. „Ich schieß nicht, auf niemanden. Nur, wenn die mich umbringen wollen“, sagte er.

„Wir müssen doch keinen erschießen“, antwortete ich. „Wir machen denen nur ’n bisschen Angst, mehr nicht. Wenn die erst mal wissen, dass wir das haben, hauen die eh ab, Bruder.“

Binny dachte einen Moment darüber nach und zuckte dann die Schultern. „Was ist da noch in der Tasche?“, fragte er und guckte rein.

Ich dachte an das Klappmesser und hätte ihm beinahe davon erzählt. Aber bevor ich das tun konnte, fing jemand an, gegen die Tür zu hämmern. Ich riss Binny die Pistole weg.

Ich flüsterte ihm zu: „Glaubst du, die haben uns hier reingehen sehen?“

„Nee, Mann“, sagte er.

„Lass mich mal gucken gehen“, antwortete ich. Ich nahm die Pistole mit.

Meine Mum war bei der Arbeit, und Hope war bei ihrem Freund, also wusste ich, dass das an der Tür nicht die beiden waren. Ich ging langsam durch den Flur. Der Mensch an der Tür fing an, noch lauter dagegenzuhämmern.

„Komm, Mann, lass mich rein, Bruder!“, rief er.

Ich seufzte und steckte die Pistole in meine hintere Hosentasche. An der Tür war Kamal. Als ich aufmachte, grinste er mich an.

„Hast du's verkackt, oder was?“, fragte er. „Du guckst so, als wär'n die hinter dir her.“

Ich schüttelte den Kopf.

Er redete weiter: „Ich hab von der BMD gehört, hat mir jemand in dem Hähnchen-Laden erzählt.“

Ich ließ ihn rein und er ging ins Wohnzimmer. Ich checkte den Gang vor der Tür, bevor ich auch wieder in die Wohnung ging. Ich musste sicher sein, dass keiner zuguckte oder so. Als ich ins Wohnzimmer kam, saß Kamal neben der Tasche, mit der Patronen-Schachtel in der Hand.

„Wo hast du die her?“, fragte er. Seine Augen waren weit aufgerissen und glänzten.

Ich erzählte Kamal, wie ich die Pistole gefunden hatte. Dann verbrachten wir ein paar Stunden damit, FIFA auf meiner Nintendo Wii zu zocken und so zu tun, als wären wir Gangster. Wir hielten abwechselnd die Pistole und richteten sie aufeinander. Wir waren wie Kinder, die mit einem neuen Spielzeug spielen. Als Binny und Kamal nach Hause gingen, war es zwei Uhr morgens.

„Gib mir die Knarre“, sagte Kamal, als er zur Wohnungstür ging.

„Warum?“, fragte ich ihn.

„Du bist doch schon zu Hause“, antwortete er. „Ich und Binny müssen noch durch die Siedlung laufen. Die BMD-Männer können noch da draußen sein.“

Ich dachte darüber nach und nickte.

„Nimm“, sagte ich. „Aber bring sie mir morgen zurück, Bruder. Wir verstecken die in meinem Zimmer.“

Kamal guckte, als hätte er mich nicht verstanden. „Wieso willst du das Teil zurück?“, fragte er.

„Weil ich es gefunden hab“, sagte ich. „Außerdem sind bei dir zu Hause so viele Leute. Wir sind hier nur zu dritt. Ich werd nicht so leicht erwischt ...“

Kamal dachte einen Moment über das nach, was ich gesagt hatte. Dann grinste er mich an. „Korrekt. Voll korrekt“, antwortete er.

Ich ging zurück ins Wohnzimmer und holte die Pistole. Aber ich gab sie nicht Kamal. Ich drückte sie Binny in die Hand. Ich dachte, das wär kein großes Ding. Falsch gedacht.

# 4 Überfall

Der Wahnsinn ging nicht sofort los. Ungefähr eine Woche lang war alles okay. Kamal brachte die Pistole zurück. Ich hatte gewusst, dass er sie Binny abnehmen würde. Ich versteckte sie wieder unter meinem Bett, hinter einem alten Koffer und anderem Zeug. An einem Morgen machten wir einen Ausflug in die Bücherei, weil wir erst später zur Schule gehen wollten.

Die Leute, die da arbeiteten, warfen uns unfreundliche Blicke zu, aber dort durfte jeder ins Internet, und wir störten niemanden. Ich sagte Binny und Kamal, sie sollten ihre Kapuzen abnehmen, damit niemand von den alten Leuten auf die Idee kam, nachzugucken, was wir machten.

Wir setzten uns zusammen an einen Computer und fingen an, im Internet nach allem möglichen Kram zu suchen, der mit Pistolen zu tun hatte. Es dauerte nicht lange, bis wir eine Seite gefunden hatten, auf der alles stand, was wir wissen wollten. Da war auch ein Video drauf, in dem man sehen konnte, wie man eine Pistole wie unsere lädt und entlädt. Der Mann in dem Video, irgendein alter Amerikaner, zeigte sogar, wie man das Ding putzt. Er nannte die Pistole einen Revolver, weil sie eine drehbare Trommel hinter dem Lauf hatte. In der Trommel war Platz für sechs Patronen. Als wir fertig waren, wussten wir genau, wie alles ging.

Für die Mittagspause latschte ich dann zur Schule. Ich sagte Binny und Kamal, sie sollten später vorbeikommen, wenn meine Mutter schon zur Arbeit gegangen war.

Binny tauchte als Erster auf, gleich als meine Mutter weg war. Er war so früh dran, dass er ihr auf der Treppe über den Weg gelaufen sein musste. Meine Schwester war auch ziemlich happy, dass er kam. Sie führte ihn ins Wohnzimmer, wo ich gerade eine Sendung über Polizisten mit Kameras guckte.

„Du bist früh dran", sagte ich zu ihm. Hope grinste wie eine Katze.

„Mir war langweilig", antwortete er. Er setzte sich neben mich. „Ich wollte noch an der Hauptstraße rumhängen, aber da isses kälter als am Nordpol, Bruder."

„Willst du was zu trinken oder so?", fragte Hope ihn.

„Geht schon", antwortete er und schenkte ihr dieses Lächeln, das alle Mädchen an ihm lieben.

„Hey! Das ist meine Schwester, lass das!", sagte ich im Scherz.

Hope warf mir einen fiesen Blick zu und ging in ihr Zimmer.

Wir laberten ein bisschen über anderes Zeug, bis Kamal aufkreuzte. Er sah wütend aus, und ich konnte erkennen, dass ihm gerade jemand übel ins Gesicht geschlagen hatte.

„Was ist mit dir passiert?", fragte ich.

„Zwei von denen haben mich überfallen", antwortete er. „Keine Ahnung, wo die herkamen. Der Abu von dem Hähnchen-Laden hat sie verjagt."

„Jetzt wird es langsam doof“, sagte Binny.

Kamal schaute mich an. „Es ist langsam mal Zeit, den BMD-Männern ’ne Warnung zu verpassen“, sagte er. „Wir nehmen die Pistole. Macht ihr mit?“

Ich wollte Nein sagen, aber ich konnte ihn nicht hängen lassen. Das Problem bei uns in der Ecke ist, dass du zeigen musst, wer du bist. Wenn du dich nicht behauptest, wirst du plattgemacht. So war das halt auch in dem Moment. Ich schaute zu Binny und wieder zu Kamal.

„Kommt“, sagte ich. „Aber wir schießen auf keinen, verstehst du, was ich meine?“

Kamal grinste.

„Hey, Jonas, ich bin doch kein Mörder“, antwortete er. „Wir warnen die nur mal.“

Wir beschlossen, den BMD-Jungs im Hinterhalt aufzulauern, bei den Läden, wo Kamal und ich vor zwei Wochen mit denen Stress gehabt hatten. Wir versteckten uns auf dem schmalen Weg hinter den Läden und warteten. Da war es dunkel. Es war niemand in der Nähe, aber wir wussten, dass einer von denen irgendwann vorbeikommen würde. Es war eisig kalt und es fing an zu nieseln. Wir waren in der Blakemore-Siedlung – *ihrem* Revier –, und ich fing an, mir Sorgen zu machen. Mir wurde klar, dass das für uns auch schiefgehen konnte. Und Kamal meinte es ernst.

Er flüsterte mir und Binny zu: „Wenn die kommen, lasst mich reden."

„Wie du willst, Bruder", antwortete Binny.

„Was willst du sagen?", fragte ich.

„Keine Ahnung. Aber die Männer müssen kapieren, dass sie uns nicht verarschen können, weißt du, was ich meine?"

„Und wenn sie nicht auf dich hören?", fragte ich weiter.

Kamal schaute mich an und ich konnte die Wut in seinen Augen sehen. Er hatte die Pistole. Sie steckte in seiner Jackentasche. Er tätschelte sie.

„Die werden schon hören, glaub mir, Bruder“, sagte er. Das hörte sich richtig übel an.

Die nächsten zehn Minuten warteten wir still. Uns wurde immer kälter. Meine Nase lief und der Regen sickerte durch meinen Kapuzen-Pulli. Selbst meine Füße hatten angefangen, durchzufrieren.

„Es ist so scheißk...“, fing ich an zu sagen.

„Schhhh!“, wisperte Kamal. „Da kommt einer.“

Wir standen hinter ein paar großen Mülltonnen, aber wir konnten an denen vorbei bis zur Straße sehen. Da kamen drei Kerle auf die Läden zu und die waren eindeutig BMDs. Kamal zog das Band von seiner Kapuze stramm.

„Kommt ...!“, flüsterte er.

Er kroch langsam an den Mülltonnen vorbei. Binny und ich waren hinter ihm. Die BMD-Typen gingen in einen Hähnchen-Grill. Ich zog Kamal zur Seite. „Wir können die erwischen, wenn sie aus dem Laden rauskommen“, sagte ich.

Aber Kamal hörte nicht auf mich. Er marschierte direkt in den Hähnchen-Laden und zog die Pistole raus.

*„RUNTER!"*, brüllte Kamal.

Binny lief hinter ihm rein, und ich blieb an der Tür stehen, für den Fall, dass jemand kam. Die Menschen in dem Laden stoppten ihre Arbeit und nahmen die Hände hoch. Kamal stand mitten im Raum und hielt die Pistole vor sich. Außer den drei BMD-Typen waren keine anderen Kunden im Laden. Kamal richtete die Pistole auf sie.

„Legt euch auf den Boden!", rief er.

Zwei von denen taten, was er wollte. Aber der Dritte blieb, wo er war. Die Männer hinter der Theke bewegten sich nicht.

„Willst du, dass ich dich erschieße?", fragte Kamal den Typen, der noch stand.

Der antwortete: „Mach, was du willst."

„Runter! JETZT!", schrie Kamal.

Der BMD-Typ bewegte sich immer noch nicht. Also richtete Kamal die Pistole genau auf seinen Kopf.

„Ich zähle bis drei“, sagte er leise. „Eins ... zwei ...“

Einer von den anderen Typen packte seinen Kumpel und riss ihn nach unten.

„Sei doch kein Spinner“, hörte ich ihn sagen. „Der hat ’ne Knarre.“

Als alle drei am Boden waren, ging Kamal zu ihnen rüber. Er richtete die Pistole auf den Kopf vom Dritten.

„Bleib weg von der Dunsmore, sonst kriegst du beim nächsten Mal ’ne Kugel ab“, warnte er ihn.

Einen Moment lang sagte niemand was. Ich schaute rechts und links die Straße entlang. Es kam keiner, aber ich war immer noch nervös.

„Kommt! Wir hauen ab!“, rief ich.

„Ja. Zeit zu gehen, Bruder“, meinte auch Binny.

Kamal sagte, wir sollten noch kurz warten. Er ging zum Tresen und richtete die Pistole auf einen Angestellten.

„Geld!“, zischte er.

Ich sah Binny an. Das gehörte nicht zum Plan. Ich hielt den Mund. Was konnte ich denn sagen? Der Mann hinter der Theke warf Kamal einen mürrischen Blick zu, öffnete aber die Kasse und holte das ganze Bargeld raus.

„Tu das in so ’ne Papiertüte“, sagte Kamal zu ihm. „Und gib mir noch zwölf Scharfe Chickenwings dazu.“

Dieses Mal warf Binny mir einen Blick zu. Er brauchte nichts zu sagen. Was hatte Kamal vor?

„Beeil dich!“, warnte ich ihn.

Kamal nahm das Geld und das Essen und drehte sich zu uns um. Auf seinem Gesicht lag ein breites Grinsen. Ich ging zur Tür raus und Binny kam mit. Wir standen draußen und warteten auf Kamal. Aber an der Tür drehte er sich noch mal um.

„Nur falls ihr meint, ich würd nur so tun ... Die DBB machen hier die Ansagen!“, sagte er.

Und dann schoss er in die Decke von dem Hähnchen-Laden.

Von dem Knall wurde man taub und einer von den BMD-Jungs stöhnte leise. Aber ich hatte keine Zeit, Kamal zu fragen, was er da machte. Sobald er den Schuss abgegeben hatte, rannte Kamal an mir und Binny vorbei. Er lachte wie ein Irrer und hielt die Pistole jetzt an seiner Seite nach unten. Ich und Binny rannten ihm nach, zurück über den schmalen Weg und raus aus der Siedlung. Wir hörten nicht auf zu rennen, bis wir an die Straße kamen.

Kamal steckte die Pistole weg und ging langsam über die Straße zurück auf unsere Seite. Wir hörten eine Polizei-Sirene. Ich holte Kamal auf der anderen Straßenseite ein und kurz danach waren wir an der Hauptstraße.

„Wofür war das denn?“, fragte ich ihn.

„Was?“, fragte er. „Ich hab nix gemacht.“

Er grinste und fing an, einen Chickenwing zu essen. Die Knochen spuckte er im Gehen aus.

„Keiner hat was von einem Raubüberfall gesagt. Wegen dir hätten wir im Knast landen können“, sagte Binny.

„Chill mal, Bruder. Is’ doch kein Ding“, antwortete Kamal.

Wir brauchten noch zehn Minuten zu unserer Siedlung. Keiner sagte mehr irgendwas. Ich war so wütend auf Kamal, dass ich nicht sprechen konnte. Ich konnte nicht glauben, was er gemacht hatte. Als wir zu den Hochhäusern kamen, bog ich ab, um nach Hause zu gehen.

„Bis später“, sagte ich zu den beiden.

Binny nickte, aber Kamal sah sauer aus.

„Was is’ los mit dir?“, fragte er mich.

„Nichts“, sagte ich. „Gib mir die Pistole.“

Kamal schüttelte den Kopf.

„Bring ich dir morgen vorbei", sagte er. Aber mir war klar, dass er das nicht vorhatte.

Ich wollte etwas sagen, aber Kamal sah mich direkt an. Seine Augen lagen in den Höhlen wie schwarze Steine. Bis zu dem Moment hatte ich meinen Freund noch nie unheimlich gefunden.

# 5 Durchgeknallt

Am Samstag schlief ich bis mittags aus. Als ich aufstand, war mein Zimmer noch kälter als sonst. Ich zog die braunen Vorhänge zur Seite und schaute raus. Über der ganzen Stadt lag eine dünne Schneedecke. Ich stöhnte und dachte daran, wieder ins Bett zu gehen. Aber dann piepte mein Handy. Ich krallte es mir und las die Nachricht von Kamal. Ich hatte ihn nicht mehr gesehen, seit wir den Hähnchen-Laden auf der Blakemore ausgeraubt hatten. Und er hatte mir die Pistole nicht zurückgegeben.

Zwanzig Minuten später stand ich vor dem Lahore Fried Chicken. Ich stampfte mit den Füßen, um sie warm zu halten, und sah die Menschen vorbeigehen. Kamal hatte gesagt, wir würden uns da treffen, aber er war spät dran. Irgendwann ging ich in den Laden rein. Es war zu kalt, um draußen rumzuhängen. Der Besitzer, Abu, stand an der Theke und redete in irgendeiner asiatischen Sprache auf einen Mitarbeiter ein. Abu sah total wütend aus.

Als er mich ansah, fragte ich: „Is' was, Bruder?“

„Der Laden von mein Cousin-Bruder wurde ausgeraubt“, antwortete Abu und schüttelte den Kopf.

Da passierte etwas in meinem Bauch. Ich schaute weg von Abu. „Wo ist dieser Laden?“, fragte ich. Ich betete darum, dass er die Panik in meinem Gesicht nicht sehen konnte.

„Blakemore“, sagte Abu.

Er sprach von dem Hähnchen-Grill, den wir ausgeraubt hatten.

„Geht es deinem Cousin gut?“, fragte ich noch schnell hinterher. Ich versuchte, mich wieder zu entspannen.

Abu zuckte die Schultern. „O.k. – aber die benutzen Pistole. Jetzt sein Laden zu, bis er Schaden repariert“, erzählte er mir.

„Das ist übel, Mann“, sagte ich. Einen Moment lang dachte ich, er wüsste, dass wir das waren. Aber so war es nicht. Nach ein paar Sekunden grinste Abu mich an.

„Du willst Spicy Chicken – und dich aufwärmen, oder?“

„Nee“, sagte ich. „Ich hab noch nicht mal gefrühstückt.“

Aber Abu hörte gar nicht hin, sondern machte mir einen Chicken Burger und legte ihn mir auf die Theke.

„Bezahlst du ein andermal“, sagte er zu mir.

Ich nahm das Essen, bedankte mich und ging aus dem Laden. Mir tat das richtig leid mit seinem Cousin und was wir mit dem Hähnchen-Laden gemacht hatten. Aber dann tauchte Kamal auf. Er summte vor sich hin und sah gut gelaunt aus.

„Was lächelst du so?“, fragte ich ihn.

„Hab uns noch bisschen Geld besorgt“, antwortete er.

„Woher?“ Eigentlich wusste ich schon, was er gemacht hatte. Er hatte noch jemanden ausgeraubt. Das hatte ich im Gefühl.

„Vergiss einfach, woher“, sagte er zu mir. „Is’ sowieso besser, wenn du das nich’ weißt.“

Ich trat nah an Kamal ran und flüsterte meine Antwort. „Du bringst uns noch in den Bau. Du kannst doch die Pistole nicht einfach benutzen, um ...“

Kamal schüttelte den Kopf, noch bevor ich ausgeredet hatte. „Du wirst weich“, sagte er.

„Der Hähnchen-Laden, den du ausgeraubt hast, gehört Abus Cousin“, sagte ich. „Hat Abu mir eben erzählt.“

„Ja, und?“, fragte Kamal. „Der weiß doch nicht, dass wir das waren, oder?“

„Bis jetzt weiß er’s nicht“, sagte ich. „Aber wenn du so weitermachst – dich aufführst wie ’n Verrückter und so –, dann ist das nur noch ’ne Frage der Zeit, Bruder. So was kannst du doch nicht machen.“

„Ich kann machen, was ich will. Und du musst aufpassen, wie du mit einem Mann redest.“

Kamal wurde dabei zwar nicht laut, aber ich erschrak trotzdem. Das kam von der Art, wie er mich ansah – als ob ich gar nicht da wäre. Er blinzelte noch nicht mal. Seine Augen glänzten und er sah ein bisschen verrückt aus.

„Wie du meinst", antwortete ich. Er durfte auf keinen Fall wissen, dass ich mir Gedanken machte.

Ich wusste, dass Kamal die Pistole behalten würde. Er hatte ganz sicher nicht vor, sie mir zurückzugeben. Und ich konnte nichts daran ändern. Meine Schwester hatte mich vor ihm gewarnt. Was hatte sie noch mal gesagt? Dass er immer aussah, als würde er fünf Sekunden später austicken? Da hatte sie recht gehabt.

„Komm", sagte er. Und plötzlich war er besser drauf. „Lass uns in die Stadt gehen. Ich zahl."

Ich wollte Nein sagen, aber ich konnte nicht. Irgendwie wollte ich ihn lieber nicht aufregen. Ich sagte zu ihm, dass ich Binny eine Nachricht schicken würde.

„Der sollte mitkommen", sagte ich.

„Korrekt“, antwortete Kamal.

Ich schickte Binny eine Nachricht. Dann versuchte ich, noch mehr Zeit zu gewinnen, indem ich anfing, meinen Chicken Burger zu essen.

„Warte, ich hol mir auch was“, sagte Kamal. „Hauptsache, raus aus diesem Wetter, Bruder – verstehst du, was ich meine?“

Ich zuckte die Schultern und ging mit Kamal zurück in den Laden.

Wir trafen uns mit Binny in der Stadt und verbrachten den Rest des Tages damit, einfach nur rumzulaufen. Wir blieben so lange wie möglich in den Läden und guckten uns Klamotten und Sneakers an. Wir mussten uns warm halten. Kamal hatte eine Menge Geld dabei. Aber ich fragte ihn nicht danach und Binny fragte auch nicht. Und außerdem gab er uns was bei McDonald's aus und auch sonst noch so einiges. Ich wollte es wissen. Ich hatte nur zu viel Schiss, um ihn zu fragen.

Ich hatte keine Chance, mit Binny allein zu reden,

bis wir zu Foot Locker kamen. Kamal ging allein hoch in den ersten Stock. Ich haute Binny auf den Rücken.

„Er hat heute früh noch jemanden ausgeraubt", flüsterte ich ihm zu.

Binny nickte.

„Hatt' ich mir schon gedacht, Bruder", antwortete er. „Und jetzt macht er weiter wie 'n Bekloppter und verpulvert das Geld. Hast du gesehen, wie die uns bei Top Man angeguckt haben, als er das fette Bündel Scheine rausgeholt hat?"

Diesmal nickte ich. „Wir werden noch erwischt, das seh ich schon kommen", sagte ich.

Binny zuckte die Schultern. „Vielleicht sollten wir mal mit ihm reden?", schlug er vor.

„Das hab ich schon versucht, Binny", sagte ich zu ihm. „Und der Mann hat mich ziemlich klar gewarnt, dass ich das besser lassen sollte."

Binny schaute mich an, als ob er mir nicht glauben würde.

Ich erzählte ihm davon, was vor dem Lahore Fried Chicken gelaufen war. Als ich ausgeredet hatte, schüttelte Binny den Kopf.

„Der ist durchgeknallt, Alter“, sagte er.

„Ich weiß“, antwortete ich. „Aber was sollen wir machen? *Er* hat die Pistole.“

„Ja“, sagte Binny. „Und wenn er die Pistole hat, dann hat er auch die ganze Macht.“

So hatte ich das noch gar nicht gesehen. Binny hatte recht. Wir konnten Kamal nicht aufhalten, wenn er die Pistole hatte. Die gab ihm Macht. Ich konnte es gar nicht fassen, wie schnell er sich verändert hatte. Also, gerade war er noch wie ein Bruder für uns. Und dann benahm er sich auf einmal, als ob er über uns bestimmen könnte. Und ich wusste: Wenn wir versucht hätten, ihn zu stoppen, dann hätten wir ihn gegen uns gehabt.

„Ich will nur nach Hause“, sagte Binny.

„WARUM?“, hörte ich eine Stimme hinter uns fragen.

Wir drehten uns um und sahen Kamal direkt ins Gesicht. Ich wusste nicht, was ich sagen sollte, aber Binny log einfach schnell.

„Kalt, Bruder“, sagte er hastig. „Draußen isses ja wie im Pinguin-Himmel.“

Einen Moment lang sah Kamal uns nur an. Aber dann fing er an zu grinsen, als ob nichts wär. Binny und ich taten dasselbe.

„Einen Stopp noch und dann machen wir uns auf den Weg“, sagte Kamal.

Ich nickte. „Wohin?“, fragte ich.

„Frag nicht“, antwortete Kamal mit einem spöttischen Lächeln. „Komm einfach mit, Bruder. Jetzt sag *ich* hier, wo’s langgeht, weißt du, was ich meine?“

Kamal führte uns zu einer Eisenbahnbrücke. Auf der einen Seite war unsere Siedlung mit der Hauptstraße. Auf der anderen Seite war die Blakemore. Die Brücke war für Reparaturen gesperrt und überall waren Warnschilder wegen Gefahren.

Aber Kamal störte sich nicht dran. Er zog die Zäune zur Seite, sodass wir auf die Brücke gelangen konnten. Dann überquerten wir die Brücke und kamen auf die Blakemore-Seite. Der Wind war so kalt, dass wir davon zitterten, und außerdem hatte es noch angefangen zu schneien. Es war dunkel.

„Was machen wir hier?“, fragte ich Kamal.

„Ein paar von den BMD-Männern laufen hier rüber“, erzählte er uns.

Binny erinnerte ihn: „Aber wir haben sie erst letzte Woche gewarnt. Nach dem Schuss kommen die nicht noch mal zu uns.“

Kamal schüttelte den Kopf.

„Das ist wie bei den Video-Spielen“, erklärte er uns. „Wenn ich *Resident Evil* zocke, achte ich immer auf alle Zombies. Auch auf die, die mich nicht jagen.“

Ich sah zu Binny hin. Er blickte genauso zurück. Wovon verdammt sprach Kamal?

„Aber ...“, fing ich an. Kamal unterbrach mich. Er

holte die Pistole raus und richtete sie genau auf mich. Mein Herz fing an, in meiner Brust zu hämmern, und ich konnte nicht mehr richtig hören.

„Du verstehst mich nicht", sagte er zu mir und zielte immer noch unbewegt mit der Pistole auf mich.

„Nimm das Ding runter, Bruder!", hörte ich Binny rufen.

„Ich schieß schon nicht", antwortete Kamal. „Ich will nur was klarmachen, Bruder."

Jetzt drehte er sich um und zielte auf Binny.

*„Kamal!"*, rief ich.

Er sagte zu Binny: „Du und Jonas, ihr seid schwach." Seine Augen waren glasig und sahen tot aus. Er kam mir wie ein Wahnsinniger vor. „*Ich* muss mich jetzt drum kümmern, dass die alle Respekt vor uns kriegen."

„Was für 'nen Respekt?", fragte ich. „Was hast du vor?"

„Ich will Respekt von denen, Mann“, antwortete Kamal. „Von den BMD, von den Bullen, den Lehrern in der Schule. Und ich hab die Schnauze voll davon, immer der Arme zu sein. Da draußen gibt’s doch pures Geld, Bruder. Das musst du dir nur nehmen.“

Er laberte dummes Zeug. In dem Moment wusste ich, dass gerade alles total schieflief. Kamal war wirklich verrückt geworden – durchgeknallt. Das war der Anfang vom Ende.

Ich hörte ein paar Stimmen von der Blakemore-Seite der Brücke kommen. Kamal hörte sie auch.

„Siehste?“, zischte er. „Ich hab dir doch gesagt, dass es immer noch mehr Zombies gibt!“

Bevor wir irgendetwas tun konnten, richtete er die Pistole in die Dunkelheit. Und dann, ohne zu gucken oder zu zielen, fing er an zu schießen.

Ich packte Binny am Arm und wir rannten weg.

# 6 In der Falle

Wir hörten nicht auf zu rennen, bis wir meinen Wohnblock erreichten. Sobald wir in Mums Wohnung waren, verriegelte ich die Tür.

„Der bringt noch jemanden um“, sagte ich zu Binny.

„Ich weiß. Was machen wir jetzt?“

Wir gingen ins Wohnzimmer und setzten uns aufs Sofa. Es war keiner da. Meine Schwester war zu einer Freundin gegangen und Mum war arbeiten. Wenn eine von den beiden gesehen hätte, was Binny und ich für eine Angst hatten, hätte sie uns einen Haufen Fragen gestellt. Also war es gut, dass sie nicht da waren.

Was hätten wir ihnen denn erzählen sollen? Dass unser bester Freund verrückt geworden war? Dass ich ihm eine geladene Pistole gegeben hatte? Das war schon alles schlimm genug, ohne dass meine Mutter mich anmeckerte.

„Wir können gar nix machen“, sagte ich zu Binny. „Er wird uns die Pistole nicht geben. Und ich werd ihn auch nicht danach fragen.“

„Und wenn wir jemandem davon erzählen?“, fragte Binny.

„Wem zum Beispiel?“, fragte ich zurück.

Als ich sah, wie Binny den Blick senkte, wusste ich, wen er meinte.

„Der *Polizei*?“, fragte ich.

Binny zuckte die Schultern.

„Ich weiß nicht, wem sonst“, antwortete er.

„Aber wir reden nicht mit den Bullen“, sagte ich zu ihm.

Binny lehnte sich auf dem Sofa zurück und seufzte. „Das hier ist nicht *Resident Evil*, Jonas. In diesem Spiel gibt es keine Extra-Leben!“, sagte er zu mir. „Was ist, wenn Kamal jemanden umbringt? Wenn er zum Beispiel ein *Kind* erschießt oder so?“

Da war was dran. Wie schlecht würde ich mich fühlen, wenn Kamal jemanden tötete? Das wäre dann alles wegen mir. *Ich* hatte die Pistole mitgenommen. *Ich* hatte Kamal davon erzählt. Wenn jemand sterben würde, dann wäre das meine Schuld. Ich dachte noch einen Moment nach, und dann gab ich zu, dass Binny recht hatte.

„Also okay", sagte ich. „Aber Kamal darf das nie erfahren, klar?"

Binny nickte. „Ich erzähl's ihm nicht", sagte er. „Kamal ist total verdreht im Kopf."

„Wenn er das hier rausfindet, sind wir tot", fügte ich noch hinzu.

Es gab eine Polizeiwache in unserer Siedlung. Wir wärmten uns erst noch mit einer Tasse Tee auf, und dann standen Binny und ich auf, um loszugehen. Aber als ich die Tür aufmachte, wusste ich sofort, dass irgendwas nicht stimmte. Ich schaute den Gang entlang und sah jemanden im Dunkeln stehen. Zuerst dachte ich, das wären welche von den BMD und die wären auf Rache aus. Aber dann sah ich Kamals Klamotten und Sneakers.

„Was machst du hier, Bruder?“, fragte ich ihn.

Aber Kamal antwortete nicht. Er stand da nur in der Dunkelheit und guckte mich und Binny an.

Binny flüsterte mir zu: „Das ist nicht gut.“

„Ich weiß“, antwortete ich genauso leise.

Plötzlich fing Kamal an zu lachen. Er war wie jemand aus einem Horrorfilm. Das war zwar ein Lachen, aber kein nettes. Ich drängte Binny zurück.

„Rein“, flüsterte ich.

„Aber ...“, fing Binny an.

Ich ließ ihn nicht ausreden. Ich schubste ihn in die Wohnung und schlug die Tür zu. Kurz danach fiel ein Schatten auf die Glasscheibe in der Wohnungstür. Das war Kamal. Er klopfte leise an die Tür.

„Was?“, rief ich. „Was willst du?“

Kamal sagte nichts. Er stand nur an der Tür und klopfte noch mal, leise. Er klopfte noch ungefähr eine

Minute lang weiter und machte dann einen Schritt zurück. Ich sah, wie er den Arm hob, und ich wusste, was er vorhatte. Ich warf mich auf den Boden und wartete darauf, dass die Kugel die Tür durchschlug.

Aber nichts passierte. Stattdessen fing Kamal an, irgendwas vor sich hin zu summen. Ich krabbelte ins Wohnzimmer, wo Binny wartete.

„Kamal ist vor der Tür“, sagte ich zu ihm. „Wir sitzen in der Falle!“

Binny hatte Angst. Sein Gesicht war ganz grau und nass geschwitzt.

„Aber wir haben ihm nichts getan“, flüsterte er.

„Ich weiß, aber er tickt nicht mehr sauber im Kopf. Er ist verrückt geworden“, antwortete ich.

„Was machen wir jetzt?“

Ich wusste nicht, was ich Binny antworten sollte. Ich hatte keine Ahnung, was wir tun sollten. Alles fühlte sich komisch an. Kamal war unser Freund. Wir waren zusammen aufgewachsen. Aber die Pistole hatte das alles verändert. In dem einen Moment war noch alles gut, wie immer. Und im nächsten Moment versteckten wir uns in Mums Wohnung, während Kamal versuchte, uns zum Ausflippen zu bringen. Das war, als ob wir in einem Albtraum steckten. Nur noch viel, viel gruseliger.

Kamal ging ungefähr um Mitternacht – die Uhrzeit wusste ich nicht so ganz genau. Binny und ich waren im Wohnzimmer geblieben und hatten versucht, cool zu bleiben. Von Zeit zu Zeit hatte ich nachgeguckt, ob Kamal noch an der Tür war. Er war immer da. Ich konnte seinen Schatten sehen. Aber irgendwann, nach einer gefühlten Ewigkeit, ging er weg.

„Ich muss nach Hause“, sagte Binny.

„Okay“, sagte ich.

Aber Binny bewegte sich nicht. Er saß nur da und guckte mich an. Irgendwann wurde mir klar, was mit ihm los war.

„Ich komm mit“, sagte ich zu ihm. „Bis zu deinem Block.“

„Danke, Jonas", sagte er.

Wir sahen Kamal nirgendwo, als wir zu Binnys Wohnblock rübergingen, aber das war eh nicht weit.

Auf dem Rückweg kriegte ich wieder Angst. Ich hatte gar nicht daran gedacht, dass ich ja allein zurückgehen musste. Kamal konnte mich jederzeit aus dem Hinterhalt anfallen. Unterführungen gab es überall in unserer Siedlung, und jedes Mal, wenn ich an einer vorbeikam, fing mein Herz an zu rasen. Was wäre, wenn er da auf mich wartete?

Ich begann, schneller zu gehen, zog meine Kapuze tief ins Gesicht und nahm meine Hände aus den Taschen. Es waren noch Leute draußen, die meisten davon ältere Typen, und sonst ein paar Drogenhändler.

Aber ich sah Kamal nicht. Nicht, bis ich auf den Gang vor Mums Wohnung kam. Aus irgendeinem Grund guckte ich noch mal runter in die Siedlung. Und unten auf dem Parkplatz sah ich Kamal. Er raubte jemanden aus, mit vorgehaltener Pistole. Ich schaute weiter zu. Die Person, die er ausraubte, lag flach auf dem Boden. Plötzlich blickte Kamal hoch, genau zu mir. Ich machte einen Schritt zurück und hoffte, dass er mein Gesicht nicht gesehen hatte. Dann ging ich in die Wohnung und schloss die Tür ab.

# 7 Hope

Nach dieser Nacht verschwand Kamal. Keiner sah ihn sonntags. Nirgendwo. Ich und Binny blieben zu Hause. Als wir doch mal kurz rausgingen, blieben wir in der Dunsmore, mit ein paar anderen Jungs. Wir hatten vor, nach dem Wochenende zur Polizei zu gehen.

Aber Sonntagabend war Kamals Familie schon auf der Suche nach ihm. Seine Mum klopfte sogar bei uns an, um zu fragen, ob wir ihn gesehen hätten. Als ich Nein sagte, fing sie an zu weinen, und meine Mum bat sie auf eine Tasse Tee zu uns rein. Einer von Kamals Brüdern, Yanik, fragte mich dasselbe, als ich aus der Wohnung kam. Er ging mit mir rüber zur Treppe und wir setzten uns hin. Es schneite wieder, und der Wind war eiskalt, aber ich wollte nicht in der Wohnung sein.

„Er ist gestern Abend nicht nach Hause gekommen“, erzählte Yanik.

„Ich hab ihn nicht gesehen, seit wir gestern zusammen in der Stadt waren“, antwortete ich.

„Selbst wenn er spät dran ist, kommt er immer zurück“, sagte Yanik und zog sich die Kapuze von seinem roten Pulli über den Kopf.

„Ich weiß nicht, was ich dir noch erzählen soll“, sagte ich und schaute dabei weg.

Yanik hustete und holte dann ein paar Kippen aus der Tasche. „Willst du eine?“, fragte er, nachdem er sich eine angezündet hatte.

Ich schüttelte den Kopf.

Er sagte: „Die Sache ist nur, ich hab mich unten an der Hauptstraße mit ein paar Männern unterhalten. Die meinten, es hätte Ärger mit den BMD-Jungs gegeben.“

Ich nickte. Es hätte nichts gebracht, wenn ich gesagt hätte, dass ich davon nichts wusste. Jeder bei uns in der Siedlung hatte Ärger mit der BMD.

„Wir haben das in Ordnung gebracht“, sagte ich.

„Meine Onkel wollen zur Blakemore gehen und sich da nach Kamal umhören ...“

Ich zuckte die Schultern. „Könnte ’ne Idee sein“, sagte ich. „Habt ihr das der Polizei gemeldet?“

Yanik nickte. „Das war das Erste, was Mama gemacht hat. Aber die hatten keinen Bock.“

Ich wollte Yanik von der Pistole erzählen, aber dann behielt ich es doch für mich. Vielleicht hatte ich ein schlechtes Gewissen. Oder vielleicht wollte ich ihm einfach nicht verraten, dass sein Bruder verrückt geworden war. Wir redeten noch ein bisschen und dann kam seine Mutter raus und sie gingen zusammen weg. Ich ging zurück in die Wohnung. Ich wusste, dass meine Mum jetzt ein paar Sachen von mir wissen wollte.

„Weißt du, wo er ist?“, fragte sie, sobald ich reinkam.

„Nein“, antwortete ich. „Er ist gestern weggegangen und seitdem habe ich ihn nicht mehr gesehen.“

Meine Mutter sah mir direkt in die Augen. „Wenn er Ärger hat, kannst du mir das erzählen", sagte sie.

„Ich weiß nix von irgendwelchem Ärger", log ich. „Vielleicht ist er einfach abgehauen oder so."

Sie seufzte und ging in die Küche.

Kamal tauchte auch am Montag nicht wieder auf. Bis ich mich mit Binny treffen konnte, war es schon wieder dunkel, und alle fragten nach unserem Freund.

„Hat er Ärger?", fragte Abu im Hähnchen-Laden.

„Nee", sagte Binny. „So was nicht, Bruder."

Aber Binnys Blick sagte etwas anderes. Und Abu sah das.

„Wenn ihr meine Hilfe braucht, fragt mich einfach", sagte er zu uns beiden.

Ich nickte. „Danke, Bruder."

Wir nahmen unser Essen und gingen zurück zu

Binny nach Hause. Zur Polizei gingen wir doch nicht. Wir sprachen nicht mal darüber – als ob wir gerade beschlossen hätten, das doch wieder zu vergessen. Aber wir versteckten uns vor dem Problem und das klappt nie so richtig.

Kurz nach zehn Uhr abends piepte mein Handy. Es war meine Schwester. Ich ließ mein Handy in der Hosentasche und sagte Binny, er solle seine PlayStation anschließen. Aber dann piepte mein Handy wieder. Und wieder.

Ich holte es raus. Alle drei Nachrichten waren von meiner Schwester. Irgendwas war nicht in Ordnung. Mir blieb fast das Herz stehen.

„NEIN!“, schrie ich.

„Was ist los?“, fragte Binny und schaute von der PlayStation auf.

„Kamal ist bei Hope! Und er macht sie fertig! Komm!“, rief ich.

Binny schnappte sich seine Jacke. Wir rannten raus aus seiner Wohnung und in die Siedlung. Ein paar von den anderen jungen Leuten sahen uns rennen und kamen mit. Bis wir bei meinem Block ankamen, war ich außer Atem, und mir tat die Brust weh. Ich musste zu meiner Schwester.

Im Treppenhaus unten knallte ich mit den Türen. Beinahe hätte ich dabei ein paar Leute umgehauen. Ich hatte keine Zeit, mich zu entschuldigen. Ich rannte hoch, so schnell ich konnte. Meine Beine brannten. Als ich bei meinem Stockwerk ankam, bremste ich. Ich wollte Kamal nicht in die Arme laufen, wegen der Pistole. In einer von den anderen Wohnungen lief Musik. Der Bass wummerte und dröhnte. Die Lampe im Treppenhaus war mal wieder zerdeppert worden.

Ich ging langsam raus auf den Gang, mit Binny gleich hinter mir. Der Wind war wie Eis. Der Schweiß auf meinem Gesicht fror sofort ein. Wir waren im zwölften Stock. Ich schaute über die Brüstung runter und sah, dass sich unten ein Haufen von jungen Leuten versammelt hatte. Sie zeigten in unsere Richtung. Binny flüsterte: „Was jetzt?"

Ich zeigte auf die Tür von Mums Wohnung.

„Wir gehen rein“, sagte ich.

„Und wenn Kamal drinnen ist?“, fragte Binny.

„Hope ist da drin“, antwortete ich. „Jetzt zählt nur das.“

Die Wohnungstür war offen, aber es war kein Licht an. Ich wusste, dass Hope zu Hause war, wegen der Nachrichten, die sie mir geschickt hatte. Ich drückte die Tür weiter auf und ging rein. Aus dem Wohnzimmer kam ein Geräusch. Da weinte jemand. Hope!

Ich schmetterte die Tür auf und fand meine Schwester. Sie lag auf dem Boden und blutete aus dem Mund. Ich half ihr hoch und fragte, was passiert war.

„Kamal“, krächzte sie. „Der hat dich gesucht. Er hatte eine Pistole.“

Ich umarmte meine Schwester. Dann fragte ich sie, wohin Kamal gegangen war.

„Ich hab ihm gesagt, er soll abhauen, und er

hat mit der Faust zugeschlagen“, antwortete sie. „Dann ist er weggerannt. Er meinte, er würde dich umbringen ... und dann wiederkommen, wegen mir.“

Ich konnte spüren, wie ich immer wütender wurde. Es war völlig egal, was zwischen mir und Kamal abging. Er hätte meine Schwester nicht schlagen dürfen. Ich war so sauer, ich wollte ihn erwürgen. Ich drehte mich zu Binny um. Ich war bereit, Kamal nachzulaufen.

Aber ich brauchte ihm nicht nachzulaufen. Die Tür ging auf. Im Dunkeln stand Kamal. Mit der Pistole in der Hand.

Er richtete sie genau auf mich.

# 8 Wütend

„Ich hab dich noch nie gemocht“, sagte Kamal.

Er spuckte die Worte aus, als ob sie Gift wären. Ich starrte zu ihm zurück. Ich hatte zwar Angst, wegen der Pistole. Aber ich war vor allem wütend. So wütend, dass ich nicht nachdachte. Ich stürzte an Binny vorbei und ging auf Kamal los. Kamal hatte keine Zeit zu reagieren. Sofort war ich an ihm dran. Wir fingen an zu kämpfen. Die Pistole fiel ihm aus der Hand. Dann knallten wir auf den Boden und rollten auf die Wohnungstür zu. Ich musste ihn rauskriegen. Aber Kamal war genauso stark wie ich. Jedes Mal, wenn ich dachte, ich hätte ihn unter Kontrolle, befreite er sich.

Plötzlich hatte er seine Hände um meinen Hals. Er fing an, seine Hände zusammenzudrücken. Vor meinen Augen drehte sich alles. Mir wurde schwindelig. Ich kriegte keine Luft mehr und hustete. Ich wusste, wenn ich jetzt nichts tat, würde er mich erwürgen.

Ich griff in eine von meinen Hosentaschen. Da hatte ich einen Stift, den holte ich raus. Ich rammte ihn Kamal ins Bein. Er stöhnte vor Schmerz und ließ meinen Hals los. Ich rollte mich auf die Seite und versuchte, Luft zu holen. Ich hatte das Gefühl, ich müsste kotzen.

Kamal kam auf die Knie und versuchte, zur Pistole zu krabbeln. Aber ich ließ ihn nicht. Ich sprang auf und packte ihn. Dann zerrte ich ihn zur Tür raus. Das war alles, woran ich denken konnte. Ihn raus aus der Wohnung zu kriegen! Raus aus der Wohnung!

Wir polterten auf den Gang und fingen wieder an zu kämpfen. Kamal schleuderte ein paar wilde Faustschläge auf meinen Kopf zu, aber ich duckte mich weg. Ich rammte ihm eine harte Faust in den Bauch. Sie erwischte seine Rippen, sodass ihm die Luft wegblieb. Ich schlug ihn noch mal. Er kippte vornüber und hustete wie ein alter Raucher. Ich ging wieder auf ihn los.

Kamal donnerte gegen die Brüstungsmauer, mit mir im Nacken. Der Schlag muss ihm übel wehgetan haben, denn er schrie auf. Und dann versuchte er, seine Hände wieder um meinen Hals zu kriegen. Ich ließ ihn aber nicht. Gerade als er aufstand, warf ich mich gegen ihn und schubste ihn, so fest ich konnte. Sein Rücken knallte auf die Brüstungsmauer. Einen Moment lang konnte er noch das Gleichgewicht auf der Kante halten ...

Und dann, als ich meine Schwester kreischen hörte, rutschte Kamal ab und fiel hinten rüber.

Eine Sekunde später gab es einen lauten Schlag. Ich rannte nach vorne und schaute über die kaputte Mauer. Kamal lag auf dem Boden, zwölf Stockwerke weiter unten. Er bewegte sich nicht.

# Nachwort

Der Anwalt schaute mich an.

„Ist das alles, was es zu erzählen gibt?“, fragte er.

„Ja“, antwortete ich.

„Bist du sicher, Jonas? Verschweigst du nichts?“, hakte die Frau von der Kripo nach.

Ich schüttelte den Kopf.

„Okay“, sagte sie und klappte den Laptop zu, mit dem sie alles aufgeschrieben hatte.

„Was jetzt?“, fragte ich.

Die Frau von der Kripo zuckte die Schultern.

„Es gibt eine Mindeststrafe für den Besitz einer Feuerwaffe“, erklärte sie mir. „Und dann kommt da noch die Anklage wegen dem, was mit Kamal passiert ist. Die Staatsanwaltschaft guckt sich das an –

könnte fahrlässige Tötung sein. Offen gesagt, Jonas: Ich weiß einfach nicht, was passiert. Aber dass du ehrlich zu uns warst, wird dir nützen. Und du hast auch noch Zeugen."

Ich blickte zu meinem Anwalt hin.

„Was denken Sie?", fragte ich ihn.

„Detective Brown hat recht", sagte er und lächelte mich an. „Wir reden darüber bei unserem nächsten Treffen. Nach dem Gerichtstermin."

Ich nickte und musste an meine Schwester und meine Mutter denken. Danach bekam ich gar nicht genau mit, was die Frau von der Kripo und der Anwalt sagten.

Ich schaute auf meine Füße und wünschte mir von ganzem Herzen, dass ich diese Pistole niemals gefunden hätte.

Dieses Buch wurde von Jugendlichen für Jugendliche getestet.

Ebenfalls lieferbar:
»Außer Kontrolle« im Unterricht
in der Reihe Lesen – Verstehen – Lernen
ISBN 978-3-407-72027-6
Beltz Medien-Service; Postfach 10 05 65, 69445 Weinheim
Download: www.beltz.de/lehrer

FSC
www.fsc.org
MIX
Papier | Fördert gute Waldnutzung
FSC® C089473

Dieses Buch ist erhältlich als:
ISBN 978-3-407-82389-2 Print


Beltz Verlagsgruppe GmbH & Co. KG
Werderstraße 10, 69469 Weinheim
service@beltz.de

Die Originalausgabe erschien 2015 unter dem Titel *The Gun* bei
Barrington Stoke Ltd, 18 Walker Street, Edinburgh, EH3 7LP

Übersetzung: Julia Süßbrich
Lektorat: Elisabeth Gayer
Neue Rechtschreibung
Einbandgestaltung: Jasmin Kerstner unter der Verwendung
einer Grafik von CarrDesignStudio
Herstellung und Satz: Jasmin Kerstner
Druck und Bindung: Beltz Grafische Betriebe, Bad Langensalza
Beltz Grafische Betriebe ist ein Unternehmen mit finanziellem
Klimabeitrag (ID 15985-2104-1001).
Printed in Germany
3 4 5 28 27 26

Der Inhalt dieses Buches wurde auf 100% Recyclingpapier gedruckt.

Weitere Informationen zu unseren Autor:innen und Titeln
finden Sie unter: www.beltz.de

# Versprochen ist versprochen …

Cat Clarke

## Wie weit will ich gehen …

**… um ein Versprechen zu halten?**

Gebunden, 80 Seiten
Gulliver (82388)

Als Agnes ihrer Freundin Ellie ein Versprechen gibt, denkt sie noch, sie würden für immer zusammen sein. Ein Jahr später findet sie sich auf einer Bergtour wieder – zusammen mit Ellie und Ellies neuem Freund Steve.

Doch das Versprechen zu brechen, kommt für Agnes nicht infrage. Die Situation spitzt sich zu, als ein Unwetter aufzieht – da entdeckt Agnes ungeahnte Stärken an sich.

**GULLIVER**

www.superlesbar.de
www.beltz.de
Beltz & Gelberg, Postfach 10 01 54, 69441 Weinheim